AF253806

DU POIVRE

ET DE SES FALSIFICATIONS

PAR

Valère BONNET

Pharmacien,

Préparateur à l'École supérieure de pharmacie de Paris.

PARIS

IMPRIMERIE MOQUET

11, RUE DES FOSSÉS-SAINT-JACQUES, 11

1886

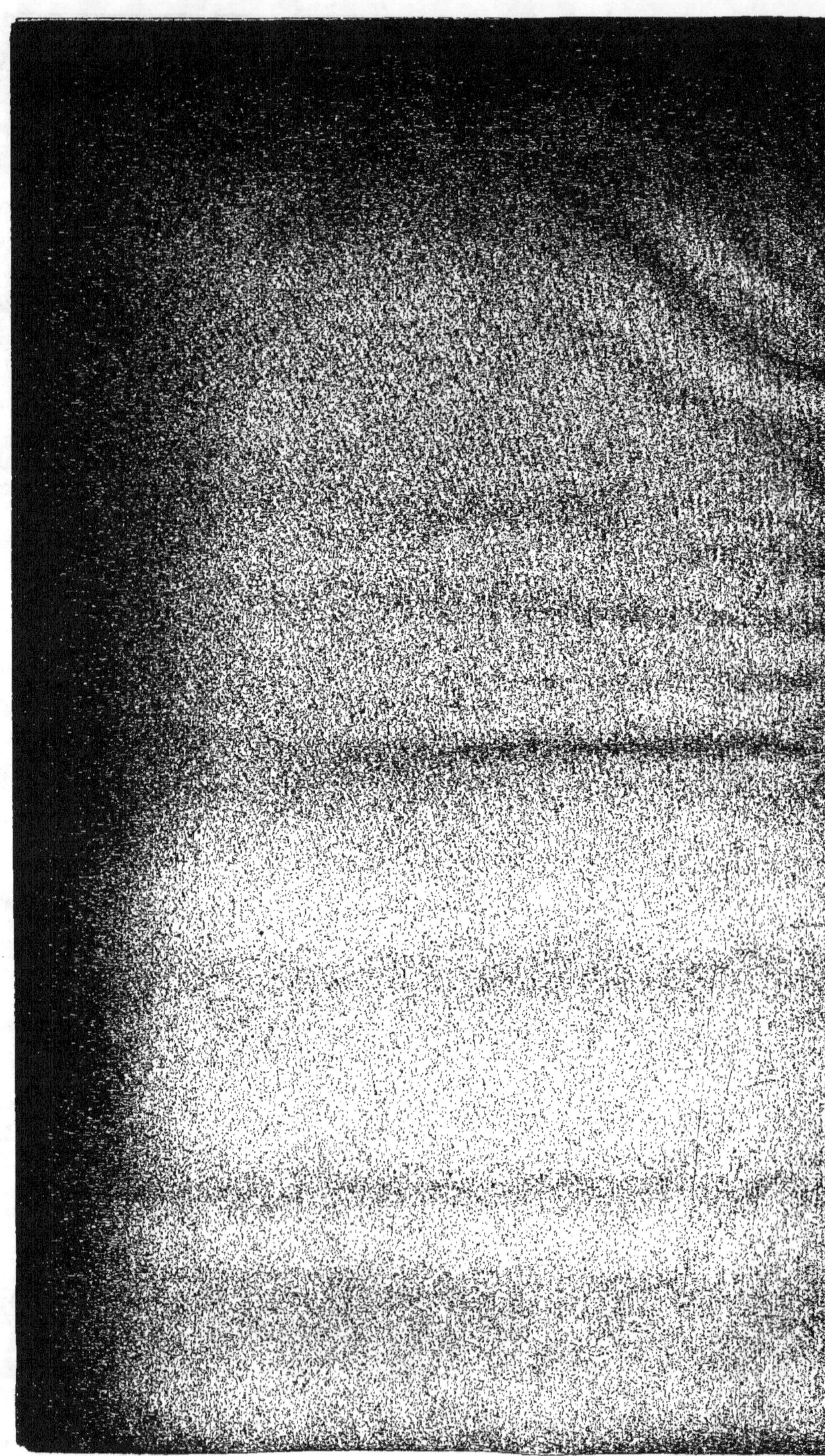

DU POIVRE

ET DE SES FALSIFICATIONS

PAR

Valère BONNET

Pharmacien,

Préparateur à l'École supérieure de pharmacie de Paris.

PARIS

IMPRIMERIE MOQUET

11, RUE DES FOSSÉS-SAINT-JACQUES, 11

1886

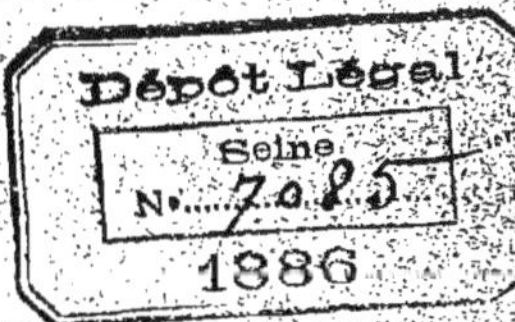

DU POIVRE ET DE SES FALSIFICATIONS

INTRODUCTION

Dans ce travail, nous n'avons voulu faire qu'une étude microscopique du poivre et des produits qui servent à sa sophistication. Laissant de côté la question chimique, nous nous sommes limité à la connaissance anatomique des éléments.

Il nous a semblé important de savoir d'abord si des différences de structure existaient entre les diverses sortes commerciales de poivre. Ayant acquis par cette étude une connaissance approfondie des éléments de ce fruit, nous sommes passé à l'examen de sa poudre et à celui des matières qui servent à la falsifier. Partant de là, nous avons divisé notre sujet en cinq chapitres :

Dans le premier, nous faisons l'histoire du poivre ;

Dans le deuxième, nous étudions l'origine, la culture et le commerce de cette épice ;

Le troisième comprend les caractères botaniques des piper ;

Le quatrième est réservé à la structure anatomique des poivres gris, blancs et à celle de leurs poudres ;

Le cinquième traite des sophistications.

Qu'il nous soit permis de remercier ici notre éminent directeur, M. Planchon, des conseils qu'il nous a donnés; ainsi que notre savant maître, M. R. Gérard, professeur agrégé à l'École de pharmacie, dont les incessantes leçons nous ont appris à lire dans le microscope, dont les conseils nous ont toujours accompagné et auquel nous sommes heureux d'offrir ici le témoignage de notre sincère reconnaissance et de notre affectueuse estime.

I

Le poivre noir est une épice dont l'usage est fort ancien. Quatre siècles avant Jésus-Christ, Théophraste fait mention de deux sortes de poivre qui sont probablement le poivre noir et le poivre long de notre époque. Dioscoride parle également du poivre, et nous enseigne qu'il vient de l'Inde. Pline, nous apprend que de son temps on falsifiait déjà ce produit, que la livre de poivre blanc se vendait cinq deniers et celle de poivre noir quatre deniers ; il nous dit aussi qu'avant qu'on ne l'apportât de l'Inde, on se servait à sa place des baies du myrte commun, et il déplore les progrès du luxe de table qui oblige d'aller chercher au delà des mers le *poivre indien* (*lib.* XIX).

Horace fait maintes fois mention du poivre : il reproche à son jardinier le peu de soin qu'il prend de sa maison de campagne, où il aimerait mieux voir croître le poivre et l'encens que la vigne ; et, dans une satire, il se moque d'un certain Cassius qui se vante d'avoir perfectionné l'assaisonnement avec du poivre blanc et du sel noir. Vers cette époque, le poivre était exporté du port de Baraké, sur la côte du Malabar, et déjà son importance était considérable. Cosmas, 76 ans après Jésus-Christ, décrit le poivre sous le nom de *Malé* (Malabar, côte du poivre).

Il servait souvent pour les échanges, dans les époques où la monnaie était rare, était réclamé comme rançon par les vainqueurs, offert en présents et donations. En 408, Alaric réclame comme rançon à la ville de Rome, 3,000 livres de poivre. L'empereur Théodose II, envoya vers 449, à Attila,

une grande quantité de cette épice. Lorsqu'en 716, Chilpé-
ric II, roi de France, fonda le monastère de Corbie, en Nor-
mandie, il assujettit les vassaux du domaine à payer annuellement aux religieux, 30 livres de poivre. En 745, Gemmulus,
diacre romain envoie, à Boniface, archevêque de Mayence,
divers présents, parmi lesquels figurent 2 livres de poivre.

C'était alors une denrée d'un prix fort élevé, d'où ce pro-
verbe « *cher comme le poivre.* » Toutefois, chaque ménage
bien monté, possédait une provision de cette épice, et c'était
le comble de la détresse que d'en manquer. On le plaçait
dans une chambre spéciale appelée *ceignail* ou *solier* (*sola-
ria*) (1), et, pour n'en pas manquer, les seigneurs, ecclésias-
tiques ou laïques, en exigeaient de leurs serfs et de leurs vassaux, à titre de redevance.

Roger, vicomte de Béziers, ayant été assassiné dans une
sédition par les bourgeois de cette ville, en 1107, son fils
imposa parmi les diverses punitions, un tribut de trois livres
de poivre à prendre sur chaque famille de bourgeois. En
1283, l'archevêque d'Aix rendit un édit qui forçait les Juifs à
payer annuellement deux livres de poivre, et le prieur de
Semur en affranchissant ses serfs, se réservait comme prix
de leur liberté une redevance annuelle d'une livre de cette
épice. Or, comme à cette époque, la livre de poivre valait environ deux marcs d'argent, c'était une lourde charge.

Au xiiie siècle, la ville de Marseille payait à chaque cou-
vent une livre de poivre comme indemnité.

Pendant tout le xviie siècle, le poivre était fort en hon-
neur; il y avait des gens qui poussaient l'amour de cette
épice jusqu'à en porter sur eux, et au xviiie siècle, on vendait aux Halles une eau-de-vie de qualité inférieure relevée
avec du poivre, fort goûtée de MM. les maraîchers et mar-

____

(1) Husson, C., *Étude sur les épices, aromates, etc.* Paris, Dunod, 1883.

chands (1). Pomet, droguiste à Paris (2), nous apprend que
de son temps, les meilleures sortes de poivre étaient ven-
dues par les Hollandais, et que celles qui venaient d'Angleterre étaient de qualité inférieure. Il dit qu'il faut prendre
garde, car on vend du poivre blanchi fait avec du poivre noir
échaudé, que cette fraude se reconnaîtra en ce que les grains
ainsi obtenus nagent sur l'eau.

(1) Mercier, *Tableaux de Paris*.
(2) *Histoire générale des drogues simples et composées*, par le sieur
Pomet, marchand épicier et droguiste, Paris, MDCCXXXV.

ORIGINE, CULTURE ET COMMERCE DES POIVRIERS

Le poivrier est originaire des Indes orientales, où il croît spontanément; il est cultivé dans les contrées les plus chaudes du globe et surtout à Java, Bornéo, Sumatra, Binlang, Malacca, Ceylan, Singapore et Siam. Notre colonie de Cochinchine possède plusieurs plantations de poivriers (en annamite kôtieu) exploitées en général par les Chinois. MM. Baus et Holbé (1), tous deux pharmaciens de la marine, ont étudié la culture du poivre pendant leur séjour en Cochinchine; nous leur empruntons les détails suivants sur la façon dont s'opèrent la plantation et la récolte de cette épice.

La plantation se fait à l'aide de boutures qu'on obtient en coupant les jeunes rameaux de poivriers et en les plantant ensuite en pépinières pour leur donner le temps de pousser des racines; il faut alors les préserver avec des paillottes de l'ardeur du soleil et les arroser légèrement, en un mot en prendre beaucoup de soin, jusqu'au moment où ils sont bons à planter, ce qui arrive au bout de deux ou trois mois. On pratique alors sur le terrain déblayé à 1ᵐ50 ou 2 mètres de distance, des trous dans lesquels on dispose les jeunes plans, en leur mettant un tuteur autour duquel ils grimpent. Suivant M. Baus, on commencerait d'abord à planter les arbres destinés à supporter le poivrier; à Java, Bornéo, Sumatra, ce sont des caféiers; en Cochinchine, on a recours à une légumineuse; dans d'autres contrées, on emploie à cet usage le

(1) J. Baus, *Étude des poivres*, thèse présentée à l'Ecole de Pharmacie de Montpellier, 1882. — Holbé, *Études sur les principales pipéracées*, thèse présentée à l'École de Pharmacie de Montpellier, 1885.

Diospyros decandra et l'*Erythrina corallidendron*. Quoi qu'il en soit, les jeunes plans poussent en ne réclamant pas de trop grands soins ; il faut élaguer les pieds, les tenir bien garnis de terre, les arroser quand la chaleur est trop grande, enfin leur mettre du fumier.

MM. Fluckiger et Hanbury, dans leur *Histoire des drogues* (1), disent : Lorsque le poivre croît dans un sol riche, il commence à produire dès la première année, et la quantité des fruits augmente graduellement jusque vers la cinquième année. Chaque pied donne alors de 8 à 10 livres de baies, et cette récolte moyenne continue jusqu'à l'âge de quinze à vingt ans.

La récolte du poivre se fait en juin, juillet, dans la plupart des pays de production, en septembre seulement en Cochinchine : on est averti de l'époque favorable par la couleur de la baie, qui de verte passe au rouge et au brun. C'est à ce moment qu'il faut la récolter, et pour cela on cueille sur chaque poivrier les grappes les plus mûres, on les égrène et on fait sécher les baies en les étendant sur des nattes et en les exposant au soleil. A Singapore, les Chinois emploient un système de séchoir grossier, composé d'une dalle sur laquelle le poivre est étendu pour sécher, avec un feu doux par dessous.

La récolte terminée, les fruits du poivre sont soumis à un triage qui leur donne une valeur différente selon leur degré de maturité. On embarque et on expédie alors immédiatement le poivre avant la saison pluvieuse, dont l'humidité est une cause d'altération. Celui qui a été embarqué après cette période d'humidité, subit une dépréciation sur nos marchés ; il est moins estimé, et se vend environ 5 francs de moins par

(1) *Histoire des drogues d'origine végétale*, par F. A. Fluckiger et D. Hanbury, traduction de J. L. de Lanessan. Paris, 1878.

100 kilogrammes. Les commerçants le reconnaissent à ce que ses grains sont d'un gris brunâtre, plus pâles que ceux qui ont été embarqués avant la mauvaise saison. Ces derniers ont une belle couleur brune (1).

Le poivre arrive en France par le Havre, Marseille et Bordeaux, en balles ou sacs en toile d'environ 60 à 62 kilogrammes. La consommation annuelle de l'Europe atteint 12 à 15 millions de kilogrammes de cette épice (2). Quelques chiffres empruntés au *Petit Marseillais*, nous feront comprendre son importance commerciale en France. Il a été débarqué dans ce port :

En 1878, 2681 tonnes de poivre.

En 1879, 2702 — —

En 1880, 2316 — —

L'importation en France est annuellement d'environ trois millions de kilogrammes, dont le prix varie de 360 à 388 fr. les 100 kilogrammes ; on trouve cependant des poivres légers de Sumatra à 310 fr.

Les commerçants apprécient à la main la qualité des diverses sortes d'après leur pesanteur, ils en font trois variétés :

1° *Poivre lourd ou dur*, c'est la sorte la plus estimée, les grains sont ronds, un peu ridés, durs, de couleur brunâtre et à cassure farineuse jaunâtre. Cette sorte se reconnaît en ce que les grains qui la forment ne surnagent pas sur l'eau.

2° *Poivre demi-lourd*, dont les grains sont moins réguliers, plus petits, plus légers, de couleur grisâtre, à amande moins nourrie et d'un jaune plus pâle.

3° *Poivre léger*, dont les grains inégaux, profondément ridés et creux au centre, sont d'une couleur cendrée et s'écra-

(1) Nous devons ces renseignements à MM. Soullès, droguistes à Paris, qui ont obligeamment complété nos informations.
(2) L. Prunier, *Nouveau Dictionnaire de Médecine et de Chirurgie pratique*, 1880.

sent sous la pression des doigts. Les poivres blancs sont obtenus par décortication des poivres noirs. Ces sortes sont préparées sur les lieux de production par macération des grains dans l'eau de mer ou l'eau de chaux, séchage au soleil et frottement entre les mains.

On distingue les poivres d'après leur provenance ou les ports d'exportation, et les sortes les plus estimées sont : *Alepy, Malabar, Penang, Tellichery, Sumatra,* etc. Ceux que l'on trouve répandus en ce moment sur nos marchés sont : les *Alepy, Tellichery* et *Saïgon.*

D'après Pereira (1), le poivre le plus estimé en Angleterre est dénommé *shot peper* ; vient ensuite le Malabar qui est fort cher, ses grains sont d'un brun noirâtre, dépourvus de pédicelle. Le Sumatra, le Penang et le Batavia sont de qualité inférieure, ils sont noirs ou couleur de terre, contiennent de 1 à 10 0/0 de poussière et à l'occasion des tiges. Cet auteur nous apprend également que le poivre blanc est préparé avec les fruits les plus mûrs des sortes Tellichery, Penang, Batavia, Singapore, et que l'on a essayé de préparer en Europe du poivre blanc avec du poivre noir ordinaire décortiqué mécaniquement, mais que le produit obtenu dénommé poivre Fulton est mauvais.

On emploie le poivre en grains dans la préparation de la charcuterie ou des grosses pièces de viande, dans la choucroute, les conserves, etc., etc... Le poivre concassé est employé sous le nom de Mignonette. Sur nos tables, on se sert du poivre pulvérisé obtenu industriellement au moyen de meules.

Fort employé dans l'assaisonnement de nos aliments, cet aromate est, selon Lamarck, un bon stimulant lorsqu'on n'en fait point d'excès. Il ranime les esprits, facilite la digestion

(1) Pereira, *Eléments of matéria medica.* London, 1872.

et soulage dans les coliques. En thérapeutique, on lui accorde les mêmes propriétés que le poivre cubèbe, il entre dans la composition des pilules asiatiques et sa poudre a été préconisée contre la teigne.

Le commerce de cette épice, monopolisé d'abord entre les mains des Génois et des Vénitiens, pour lesquels il était une source de richesses, passa vers 1498 aux Portugais et l'on voit vers 1522 un navire de cette nation arriver directement, avec son chargement, dans le port d'Anvers, où il fut reçu avec méfiance, disent les chroniques d'alors. En 1603, cinq navires de la grande Compagnie des Indes orientales importaient en Europe 875,000 kilogrammes de poivre. Des mains des Portugais, le commerce du poivre passa à celles des Hollandais qui, pour en conserver le monopole et pour maintenir les prix de vente, allèrent maintes fois jusqu'à brûler ce qu'ils n'avaient pu vendre dans les années de bonne récolte. Grâce au zèle de Poivre, intendant général des Iles de France et de Bourbon, la culture de cette épice fut introduite dans ces possessions françaises (1780). De nos jours, le commerce du poivre est surtout fait par les Anglais, les Hollandais et les Français.

CARACTÈRES GÉNÉRAUX DES PIPER

Le poivrier commun ou poivrier noir (*piper nigrum*), est une plante herbacée grimpante, formant le genre le plus important de la famille des pipéritées.

La tige noueuse de cet arbrisseau porte des racines adventives qui servent à la plante à se fixer. Les feuilles insérées au niveau des nœuds articulés sont alternes, simples, pétiolées, ovales, acuminées, penninerves et subtriplinerves à la base. Le pétiole est dilaté à sa base en une gaîne qui embrasse le rameau et forme deux stipules latérales. Les fleurs sont disposées en épis allongés, insérés sur la tige en face et au niveau des feuilles. Chaque fleur apérianthée est sessile dans l'aisselle d'une bractée cupuliforme. Les fleurs sont hermaphrodites ou unisexuées par avortement : la fleur hermaphrodite offre deux étamines placées de chaque côté de la bractée, le filet est aplati, l'anthère basifixe, biloculaire s'ouvre d'abord en deux fentes, puis en quatre valves.

Le gynécée se compose d'un ovaire sessile, inséré au-dessus des étamines, il est globuleux, uniloculaire et surmonté d'un style court qui se partage en 3-4 ou un plus grand nombre de languettes stigmatifères. La loge ovarienne contient un seul ovule orthotrope, dressé à micropyle supérieur, inséré sur un petit placenta basilaire.

Le fruit vulgairement nommé *grain de poivre* est bacciforme, monosperme, globuleux, de 5 millimètres de diamètre environ, fortement ridé à sa surface et de couleur gris-noirâtre ou brunâtre. Ce fruit porte à la partie inférieure, le reste, extrêmement court, d'un petit pédicelle et au sommet la trace du style et des stigmates. Une coupe faite dans un grain de poivre et examinée à un petit grossissement (*voir fig. I, qui en représente la coupe longitudinale médiane*) montre : un péricarpe brunâtre (*per.*) entourant une masse centrale jaunâtre qui représente la graine. Le péricarpe se divise en une zone extérieure brunâtre correspondant à l'épicarpe (*ep.*), une zone interne incolore, le mésocarpe (*mes.*), sillonné de faisceaux libéro-ligneux et limité intérieurement par une assise de cellulles épaissies et jaunes, l'endocarpe (*end.*). Immédiatement au-dessous vient une ligne brunâtre plus épaissie au sommet, vers le style (*st.*), et à la partie inférieure ou pédicelle (*ped.*), cette ligne représente les téguments de la graine (*tg.*) qui enveloppent la portion centrale ou périsperme farineux de la graine (a^2), dont la partie supérieure est occupée par un second albumen charnu (a^1) entourant un petit embryon (*e.*), dont la radicule supère est dirigée vers le sommet ou micropyle.

STRUCTURE ANATOMIQUE DES POIVRES ET ÉTUDE DE LEURS POUDRES

1° *Poivres noirs*.

Nous prenons comme type le poivre Tellichery, qui arrive le plus communément sur nos marchés. Dans la description que nous allons faire nous comprendrons, avec M. le professeur R. Gérard, sous le nom d'épicarpe, les cellules extérieures ou épidermiques et les cellules scléreuses sous-jacentes qui y adhèrent.

Poivre Tellichery (Pl. 1, fig, 2 et 3). — Le péricarpe du fruit présente du dehors en dedans :

a. L'épicarpe (*ep*.) formé d'une assise de petites cellules tabulaires à cuticule épaisse jaunâtre, remplies d'une matière résineuse brunâtre ; au-dessous de ce tissu se trouvent des cellules scléreuses (*c. sc.*) appliquées les unes contre les autres et formant une couche continue de une, deux ou, exceptionnellement en quelques points, trois rangées de cellules, qui sont canaliculées, de couleur jaune, et dont la cavité est remplie de matière résineuse brunâtre. Un certain nombre de ces cellules scléreuses tirent leur origine de la segmentation des cellules sous-jacentes à l'épiderme. Là où l'on rencontre plusieurs couches de ces éléments, ceux-ci sont bien souvent disposés en files, et l'on rencontre çà et là, dans ces files, des cellules qui ont conservé leurs parois minces.

b. Le mésocarpe (*mes*.) comprend un tissu parenchymateux parcouru par des faisceaux libéro-ligneux, il présente des cellules à huile essentielle, qui sont surtout nombreuses

dans la région interne. Ce tissu comprend deux zones bien définies :

1° Une zone extérieure aux faisceaux formée de cellules arrondies à parois minces, contenant des grains très fins d'amidon ; les cellules à huile essentielle y sont rares.

2° Une zone intérieure située sous les faisceaux. Elle est constituée par des cellules plus petites, étirées parallèlement à la surface. Ses éléments externes plus tassés forment une ligne de démarcation très nette pour la zone externe. Cette région est surtout riche en larges cellules à huile essentielle (*c. h.*) remplies d'une matière jaune.

Les faisceaux placés entre ces deux zones comprennent 2-10 fibres péricycliques jaunâtres (*f. per.*), du liber (*l.*) et du bois (*b.*) dont les trachées sont à spire très serrée.

c. L'endocarpe (*end.*) est constitué par une assise de cellules épaissies sur leurs parois latérales et profondes, ce qui donne à leur ensemble l'aspect d'une rangée d'U accolés.

La graine est entourée d'un tégument (*tg.*) à deux assises de cellules : la première située sous l'endocarpe est formée de petites cellules incolores qu'il n'est pas toujours facile de bien observer ; la deuxième, plus apparente, est brunâtre. Au-dessous de ce tégument se trouve un périsperme farineux dont la première rangée a des parois externes épaisses. Ce périsperme présente d'abord trois à cinq rangées de petites cellules, alternant entre elles et remplies de petites grains d'amidon, puis, au-dessous, des cellules en files radiales, plus grandes et également gorgées d'amidon. On rencontre au milieu de ces cellules amylifères de très nombreux éléments pleins d'un contenu oléo-résineux jaunâtre (*c. h.*). L'albumen est charnu, l'embryon fort petit.

2° Etude comparative des diverses sortes de poivres noirs.

D'après nos études, la structure est la même pour tous les poivres. Les légères différences que nous avons observées ne peuvent être appréciées que par l'examen comparatif des coupes de ces diverses espèces et sont inappréciables dans les poudres. Ces différences ne proviennent, croyons-nous, que de l'âge de l'échantillon au moment de sa récolte. Ainsi les épaississements de quelques cellules du mésocarpe que nous signalons dans le poivre Alepy proviendraient d'une récolte plus tardive qui amène la sclérification des éléments, et nous avons trouvé dans des coupes d'autres espèces (Tellichery, par exemple,) les commencements légers d'un épaississement presque général du mésocarpe.

L'*Alepy* présente, dans ses grandes lignes, les mêmes caractères que le Tellichery. Dans de nombreux cas, nous avons trouvé dans le parenchyme du mésocarpe des cellules scléreuses isolées ou groupées en noyaux de 2-10 éléments. Les cellules en U de l'endocarpe sont plus épaissies et présentent des bords intérieurs légèrement dentés (fig. 4). Le *Malabar* offre une structure identique à celle de Tellichery ; il en est de même du *Java*.

Dans le *Saïgon*, les cellules scléreuses très épaissies forment une couche continue de deux, de trois, et en quelques points de quatre assises de cellules. Fréquemment, le parenchyme du mésocarpe est moins puissant que dans les espèces précédemment décrites.

Nous avons trouvé à l'École de Pharmacie, dans le droguier de M. Guibourt, l'échantillon d'un poivre de la Guadeloupe, dont la structure est semblable à celle du Tellichery.

Malgré nos recherches, ce sont les seuls échantillons d'origine certaine, que nous avons pu nous procurer pour cette étude comparative.

3° *Poivres blancs.*

Ainsi que nous l'avons déjà vu, les poivres blancs sont préparés avec diverses sortes de poivres noirs décortiqués. On choisit pour cela les grains les plus mûrs, on les fait macérer dans de l'eau salée ou de l'eau de chaux, puis on les fait sécher et on les débarrasse de la partie extérieure du péricarpe par frottement. On procède ensuite à un blanchissage qui s'obtient au moyen d'un lait de chaux ou d'une solution de chlorure de calcium.

Cette opération amène la chute de la partie extérieure du péricarpe comprenant : l'épiderme, la zone de cellules scléreuses et la partie extérieure du mésocarpe s'étendant jusqu'aux faisceaux qui sont partiellement entraînés : le péricycle et le liber tombent ; une partie du bois les accompagne, car on ne rencontre que quelques vestiges de ce dernier représentés par des trachés. (Voir fig. 5, représentant la coupe transversale du poivre blanc de Singapore.)

Dans les échantillons que nous avons examinés, nous avons remarqué que la décortication se fait toujours en cette portion délimitée du mésocarpe où commence la zone interne à éléments plus tassés dont nous avons parlé dans la description du poivre noir de Tellichery. Pour tout le reste, les éléments sont de même nature et semblables à ceux des poivres noirs.

4° *Poudres de poivres.*

Sous l'influence de la pulvérisation les tissus que nous venons d'étudier dans les coupes se séparent les uns des autres ou restent en massifs suivant leur adhérence en formant pour ainsi dire des éléments nouveaux.

M. le professeur Planchon, dans une note sur les poivres, parue dans le *Journal de pharmacie et de chimie* (1), dit à ce sujet :

Il résulte de la disposition des éléments dans la pulvérisation, que les cellules de l'albumen se désagrègent plus ou moins en formant la masse de la poudre ; il en est de même des cellules minces et amylacées du péricarpe. Quant aux membranes elles se réduisent en fragments plus ou moins ténus, mais les cellules liées entre elles par les faces latérales restent unies et forment des plaques qui se posent à plat sur le porte-objet.

M. le professeur agrégé Gérard, dans son *Traité de micrographie*, étudiant l'action de la pulvérisation dit également :

Nous dirons en premier lieu quelle est l'action du moulin sur les grains et comment se présentent ses éléments au sortir de l'appareil, car l'anatomiste de profession, accoutumé à procéder par coupes, se trouve toujours désorienté à la vue d'éléments entiers se présentant dans des positions variées qui en modifient du tout au tout l'apparence. Il devra, dans tous les cas semblables à celui-ci, faire un petit apprentissage sur un type certain dont il étudiera d'abord la structure par les moyens qui lui sont habituels ; il s'efforcera ensuite d'en isoler les différents éléments pour les examiner au microscope sous toutes leurs faces.

(1) 15 juin 1885.

Plus loin le même auteur dit encore :

Sous la pression du moulin, l'épiderme et les cellules sclé reuses sous-jacentes, restent accolés, se détachent sous forme de lame du mésocarpe parenchymateux qui rompt lui-même ses adhérences avec l'endocarpe plus résistant ; celui-ci s'isole à son tour, entraîne avec lui les téguments de la graine et met ainsi l'amande en liberté. L'effort augmentant, ces parties se brisent en fragments plus ou moins volumineux formés, les uns par des cellules isolées, les autres par des éléments réunis en plaques ou en petits massifs ; les faisceaux libéro-ligneux se brisent et s'affranchissent du mésocarpe.

a. Étudions maintenant la POUDRE DE POIVRE NOIR. — Nous y trouvons :

1° Une quantité considérable de cellules incolores, irrégulièrement polyédriques, à parois minces, remplies de nombreux granules d'amidon très petits, arrondis ou légèrement anguleux, qui donnent à ces cellules un aspect chagriné : ce sont les cellules du *périsperme* (a^2). Quelques-unes de ces cellules renferment une matière huileuse jaunâtre (*c. h.*) et représentent les cellules à huile essentielle de ce périsperme.

2° Les cellules à parois minces, polygonales, ou arrondies du *mésocarpe* (mes.) contenant de fins granules d'amidon répartis le long des parois.

3° De fins granules d'amidon, épars dans la poudre. Ils proviennent des cellules du mésocarpe et de celles du périsperme.

4° Des cellules épaissies, canaliculées, de couleur jaune, renfermant un contenu brunâtre. Ces cellules tantôt libres, tantôt en paquets de 2-10 éléments, adhèrent quelquefois aux cellules de l'épicarpe. Ce sont les *cellules scléreuses* (*c. sc.*) que leur coloration et leur contenu empêchent de con-

fondre avec celles d'autres éléments scléreux ajoutés fraudu-
leusement à la poudre de poivre.

5° Des fragments qui se projettent sous forme de plaques
plus ou moins grandes (*ep.*), dont les éléments tabulaires
contiennent un produit brunâtre, ce sont les cellules de l'*é-
picarpe*.

6° Des cellules épaissies, réunies en plaques membraneu-
ses (*end.*), qui adhèrent aux minces cellules brunâtres des téguments de la graine (*tg.*). Ces cellules simulent une sorte de
carrelage assez régulièrement polyédrique, elles sont de couleur jaune et présentent une cavité plus grande que celle des
cellules scléreuses : ce sont les cellules en U de l'*endocarpe*.

7° Des cellules fibreuses de couleur jaune (*f. p.*), allongées en pointes à leurs extrémités. Ces cellules sont rares,
jamais groupées en paquets et représentent les cellules
fibreuses du *péricycle*.

8° De fines trachées déroulables, ainsi que quelques minces vaisseaux du liber. Ces éléments ont peu d'importance,
étant donné le petit développement des faisceaux libéro-ligneux du fruit.

Nous négligeons dans cette étude, les cellules de l'embryon (*e.*, fig. 1) et de l'albumen charnu (*a¹*) qui l'entoure, le
peu de volume de ces parties les rend négligeables dans la
constitution de la poudre de poivre.

b. Poudre de poivre blanc. — Nous retrouverons dans
cette poudre tous les éléments que nous venons d'étudier
dans la poudre de poivre gris, à l'exception des cellules de
l'épicarpe, des cellules scléreuses, de la partie externe du
mésocarpe et des faisceaux libéro-ligneux qui sont entraînés
par la décortication du fruit.

Nous savons qu'il ne reste de ces derniers éléments que
quelques trachées.

V

FALSIFICATIONS

Comme toutes les substances dont la rareté commerciale augmente la valeur réelle, le poivre a de tous temps été l'objet de sophistications. L'assurance d'un gain énorme et facile était, on l'avouera, bien faite pour tenter la cupidité des marchands.

Sans vouloir faire l'historique des falsifications du poivre pour prouver cette assertion, il suffit d'invoquer le témoignage de Pline le Naturaliste, qui nous apprend que de son temps on falsifiait déjà cette précieuse épice soit avec de la moutarde d'Alexandrie, soit en lui substituant des baies de genièvre.

Le prix élevé du poivre au moyen âge, et ainsi que nous l'avons vu précédemment, son emploi comme matière d'échange nous sont un sûr garant que les traditions de l'antiquité ne furent pas perdues et que la fraude continua jusqu'aux temps modernes ; et c'est sans surprise que nous lisons dans l'*Encyclopédie méthodique*, que les *poivriers* « petits « marchands qui courent dans la campagne et qui vont de « village en village débiter du poivre et des épices », sont des *sofisticateurs* au même titre que les marchands de Rome, les trafiquants du moyen âge et que les négociants de nos jours.

Pomet, droguiste à Paris (1), nous dit : qu'il ne faut acheter le poivre pulvérisé qu'à d'honnêtes marchands, car celui que vendent les coureurs n'est pour le poivre blanc que des épices d'Auvergne blanches ou du poivre noir blanchi avec

____

(1) Pomet, *Histoire générale des drogues simples et composées*. Paris, MDCCXXXV.

du riz; et que le poivre noir est mélangé de pousses, de croûtes de pain, d'épices d'Auvergne grises et de maniguette; et qu'ainsi ces coureurs peuvent le vendre 15 ou 20 sols de moins par livre que les honnêtes commerçants qui ne peuvent se résoudre à de telles tromperies. Il se plaint qu'on laisse entrer à Paris des épices d'Auvergne et autres détestables marchandises, à quoi MM. les fermiers généraux devraient prendre garde, et pour la santé publique, et pour la perte qu'ils en éprouvent.

M. Jean-Pierre Hureaux (2) signale également une série de produits servant à falsifier le poivre :

On a fait, dit-il, du poivre artificiel avec du son mis en pâte, coloré et coulé en grains, ou avec des graines de navette enduites d'une pâte composée de débris de poivre et de farine de seigle, ou de piment, de pyrèthre, de tourteaux de chènevis. — On a mélangé le poivre avec des épices d'Auvergne qui se composent de poudre de pain de chènevis, de fécule grise et de pellicules de poivre. On a substitué au poivre des pellicules et des pédoncules de poivre mêlés de matières amylacées et de quelques autres substances.

D'autre part, MM. Chevalier et Baudrimont nous indiquent dans leur remarquable *Dictionnaire des falsifications*, qu'on mélange le poivre avec de nombreuses substances.

Il semble que l'imagination des commerçants soit aussi féconde à inventer des falsifications qu'à en trouver l'excuse. Rappelons la défense singulière présentée par l'avocat d'un restaurateur de barrière, qui expliquait la présence d'un poivre sophistiqué sur les tables de son établissement en le dénommant *poivre postiche*, mis là comme trompe-l'œil, et pou-

(2) J. P. Hureaux, *Histoire des falsifications des substances alimentaires et médicamenteuses*, 1855.

vant être abandonné sans perte aux fantaisies des consomma-
teurs.

Les nombreux échantillons que nous avons pu nous procurer dans les différents quartiers de Paris, aussi bien dans
le commerce de détail que chez les négociants en gros, nous
ont permis d'observer les falsifications les plus usuelles, et
dès maintenant, nous pouvons donner la liste des matières
étrangères que nous avons rencontrées dans les poivres qui
ont fait l'objet de cette étude, ce sont : des grabeaux, des
balayures de magasin, des éléments scléreux provenant des
poudres de noyaux d'olives, de coquilles de noisettes, noix
et amandes, la fécule de sarrasin, les résidus de féculerie.

Nous étudierons cependant d'autres substances, qui ont
été usitées et que les auteurs signalent comme servant de nos
jours à la falsification, soit :

La poudre des fruits des *capsicum annuum et frutescens*, la
maniguette les feuilles de laurier, les poudres de moutarde
noire et de moutarde blanche (1).

Pour chacune de ces substances nous procédons comme
pour les poivres, analysant d'abord la coupe qui nous apprend

(1) La liste des substances qui servent à la sophistication est bien
plus grande et ne sera jamais close, car le falsificateur modifiera ses
procédés au fur et à mesure que l'expert réussira à dévoiler les sophistications nouvelles.

On a falsifié le poivre en grains avec les fruits du nerprun, du ga-
rou ; on en a moulé, dit-on, avec de la terre glaise et ces grains
étaient ensuite enrobés avec de la poudre de poivre, du piment, du
pyrèthre, de la moutarde.

La poudre est falsifiée avec des tourteaux de navette, de chènevis,
de faîne, de lin, d'arachides, d'amande, d'élaïs guianensis, de coccos
nuccifera, avec des semences de choux ; les épices d'Auvergne, avec
les fécules des céréales et des légumineuses, les farines, le sagou,
les débris de macaroni pulvérisés, avec du plâtre, de la poussière
d'os, des cendres, de la terre pourrie, etc...

à connaître la structure anatomique et les éléments qui nous seront plus faciles à reconnaître dans la poudre, nous tâcherons ensuite d'établir les caractères qui nous permettront de déceler la fraude.

GRABEAUX DE POIVRE. — Ce sont les parties superficielles du fruit détachées par frottement et trouvées dans les balles, mêlées à des pédoncules, des fragments de bois, de la terre, du sable provenant de la récolte. Le poivre en contient toujours normalement 5 0/0, d'après Pennetier (1). La falsification consiste à mélanger au poivre ces grabeaux séparés intentionnellement. D'après M. Landrin (2), le grabeau constitué par un mélange grossier de terre et de pédoncules de poivre, qui ne contient aucune substance soluble dans l'alcool, doit être considéré comme une falsification ; mais il n'en est plus de même quand il s'agit des parties épidermiques et des débris des grains qui se trouvent dans les sacs et qui donnent autant d'extrait alcoolique que les poivres de bonne marque.

On reconnaîtra cette fraude à l'abondance des débris épicarpiques, au grand nombre de trachées et de fibres péricycliques des pédoncules, à la présence du sable et des matières étrangères.

BALAYURES DE MAGASIN. — On désigne ainsi les débris végétaux recueillis dans les magasins aux plantes et pulvérisés avec le poivre.

On reconnaîtra cette falsification à la présence de matières végétales étrangères au poivre, telles que débris de tiges, de

(1) Pennetier, *Leçons sur les matières premières organiques.*
(2) Landrin, *Note sur les poivres.* — *Journal de Pharmacie et de Chimie,* septembre 1884.

racines, d'écorces, de feuilles, etc., dont les éléments sont totalement étrangers au poivre.

Grignons d'olives. — On connaît sous ce nom la poudre des noyaux d'olives, obtenue après un léger grillage. L'on vend de la poudre grise et de la poudre blanche pour la falsification des poivres.

Le noyau d'olive est l'endocarpe scléreux du fruit de l'*olea europæa*; sa coupe (fig. 7) présente un tissu formé de fibres et de cellules scléreuses. Les fibres (*f.*) sont allongées, sinueuses, terminées en pointes, elles s'entrecroisent en laissant des vides qui sont occupés par les cellules scléreuses (*c. sc.*). Ces éléments ont des parois épaisses, canaliculées, sont incolores en couche mince et verdâtres en couche épaisse. Au milieu de ce tissu scléreux courent des faisceaux libéro-ligneux dont le liber (*l.*) est formé de parenchyme et de vaisseaux grillagés, le bois (*b.*) est surtout représenté par des trachées.

La poudre de grignons d'olives présente quelques débris des faisceaux libéro-ligneux; elle est essentiellement formée d'éléments scléreux isolés ou groupés par 2-4 cellules et de petites masses qui vues à un faible grossissement (fig. 7), paraissent hérissées de pointes. Ces masses étudiées à un plus fort grossissement montrent une agglomération de fibres et de cellules scléreuses entrelacées en tous sens; elles sont dues à une division moins intime des éléments dans la pulvérisation.

La présence des grignons d'olives est facile à déceler dans la poudre de poivre, on reconnaîtra cette fraude :

1° A l'aspect incolore des éléments scléreux.

2° A la cavité incolore de ces éléments. (Les cellules scléreuses du poivre ont leur cavité pleine d'une résine brunâtre.)

3° A la présence de masses mamelonnées incolores, qu'on ne peut confondre avec les plaques brunâtres provenant de l'épicarpe et de l'endocarpe du poivre.

4° A la présence de cellules fibreuses, sinueuses et allongées, en assez grande quantité dans la poudre suspectée. Nous avons vu que ces fibres sont très rares dans le poivre où elles ne représentent que les quelques fibres du péricycle des faisceaux libéro-ligneux et où, de plus, elles sont teintées de jaune.

COQUILLES DE NOISETTES. — Ces coquilles pulvérisées donnent une poudre grisâtre qu'on emploie depuis peu à la falsification du poivre ; elles représentent le fruit lignifié qui entoure l'amande comestible du *corylus avellana*. L'étude anatomique de ce fruit nous montrera de dehors en dedans (fig. 8) :

1° L'épicarpe (*ep.*) dont les cellules sont épidermiques, tabulaires, revêtues d'une mince cuticule. Quelques-unes de ces cellules s'allongent en longs poils unicellulaires.

2° Le mésocarpe (*mes.*) commence au-dessous, il est formé d'un tissu sclérifié dont les deux ou trois premières assises de cellules moins épaissies contiennent dans le jeune âge de la chlorophylle qui se transforme en une matière brune dans les noisettes mûres. Le reste du tissu est formé de cellules scléreuses fort épaissies, canaliculées, associées à des cellules fibreuses. Dans ce tissu courent des faisceaux libéro-ligneux comprenant du parenchyme libérien et des vaisseaux grillagés pour le liber (*l.*) ; des trachées pour le bois (*b.*).

3° L'endocarpe (*end.*) comprend un tissu parenchymateux dont les cellules ont des parois minces brunâtres, les assises internes de ce tissu sont fortement tassées.

Dans la pulvérisation les éléments s'isolent comme ceux des grignons d'olives et d'une façon générale comme ceux de tous les tissus sclérifiés. Les cellules sont groupées en amas comprenant 2-4 ou plus d'éléments qui, dans ce dernier cas, forment de petits massifs. La poudre présentera donc : 1° De petites plaques verdâtres ou brunâtres comprenant les portions extérieures de l'épicarpe avec ses poils et les cellules à contenu coloré sous-jacentes du mésocarpe (fig. 8',ep.).—2° Les cellules scléreuses du mésocarpe, isolées ou groupées en massifs comprenant des fibres et des cellules scléreuses (mes.). — 3° Des débris de faisceaux libéro-ligneux dont les trachées déroulées (b) seront facilement reconnaissables. — 4° De petites plaques des cellules de l'endocarpe (end) qui, vues en masses, présentent une teinte brunâtre.

Les éléments que nous venons d'étudier sont caractéristiques des coquilles de noisettes et permettent de les retrouver dans la poudre de poivre.

La quantité anormale d'éléments scléreux incolores sera tout d'abord un indice de falsification, mais ces éléments scléreux étant fort semblables pour la noisette et pour le grignon d'olive, il serait fort difficile de faire la distinction de ces deux substances, si la présence de l'épicarpe avec ses poils particuliers et les plaques de cellules molles brunâtres de l'endocarpe ne venaient nous donner une caractéristique des coquilles de noisettes.

COQUILLES DE NOIX. — Employées depuis quelque temps au même titre que les coquilles de noisettes, elles représentent l'endocarpe du fruit du *juglans regia*.

L'étude anatomique de cette partie du fruit (fig. 10, Cpe transv^{le}) nous montrera de dehors en dedans :

1° Un tissu sclérifié dont les cellules sont d'un diamètre sensiblement égal et plus petit que celui des cellules de la noisette : ce sont des cellules scléreuses canaliculées marquées de stries d'hydration, qui en coupes minces sont incolores et en coupes épaisses sont teintées de jaune.

2° Au-dessous de cette zone épaissie existe un tissu mou auquel on passe insensiblement par un épaississement de moins en moins considérable des cellules sclérifiées. Ce parenchyme mou est formé de cellules polyédriques ou sensiblement rondes laissant entre elles de grands méats. Les parois de ces cellules sont brunes.

La poudre présente (fig. 10') :

1° Des cellules scléreuses isolées ou réunies en massifs de plusieurs éléments (*c. sc.*).

2° Des fragments de parenchyme mou qui se présentent en plaques d'une couleur brune (*par.*).

De même que dans toute sophistication du poivre pulvérisé par des éléments scléreux, on reconnaîtra la présence des coquilles de noix, par la quantité anormale de cellules scléreuses que présentera la poudre suspectée. Ces cellules blanches ou légèrement teintées de jaune ont une cavité incolore et vide de contenu. La différenciation entre la noix, le grignon d'olive et la noisette est fort difficile, les cellules de la noix sont plus petites, plus arrondies, mais ces caractères ne sont appréciables que par l'examen comparatif d'échantillons types.

Coquilles d'amandes. — Le noyau sillonné et anfractueux qui entoure la graine comestible de l'*amygdalus communis*, représente l'endocarpe sclérifié. Une coupe faite dans son tissu nous montrera (fig. 9), une zone fortement sclérifiée au-dessous de laquelle existe un tissu mou, parenchymateux, brunâtre. Les cellules de la zone épaissie sont scléreuses ou fibreuses. Ces éléments sont entrelacés, teintés de jaune en coupe épaisse, et incolores en coupe mince ; ils sont plus épaissis vers la partie externe. Cet épaississement diminue dans la partie profonde et passe insensiblement à un tissu mou parenchymateux brunâtre dont les cellules légèrement arrondies laissent entre elles des méats.

Nous retrouverons dans la poudre (fig. 9') :

1° Des cellules scléreuses et fibreuses isolées ou réunies en paquets (*c. sc.*).

2° Des cellules parenchymateuses qui se présentent en plaques brunâtres.

Ce que nous avons dit sur la façon de reconnaître la présence des coquilles de noix dans la poudre de poivre s'applique aux coquilles d'amandes, nous n'insisterons pas sur ce point.

PIMENTS. — On désigne sous ce nom les fruits mûrs et secs des plantes du genre capsicum de la famille des solanées. Originaires de l'Amérique équatoriale, ces plantes qui sont maintenant cultivées dans tous les pays chauds, furent importées en Europe par les Portugais.

On trouve dans le commerce deux variétés :

1° Le piment de Cayenne ou de Guinée (*capsicum frutescens* de Linné, *capsicum fastigiatum*. Bl., *minimum* de Roxburgh).

2° Le piment annuel, poivron ou corail des jardins (*capsicum annuum*, L.).

Ces deux fruits ont une saveur âcre et excessivement piquante. On emploie leur poudre pour remonter la saveur de la poudre de poivre déjà falsifiée par des substances inertes dont elle masque l'addition.

La structure anatomique est la même pour ces deux variétés sauf l'épaisseur des assises qui est moins considérable dans le piment de Cayenne. Nous avons fait l'étude du *capsicum annuum* plus facile à se procurer en bon état (fig. 11).

Le péricarpe présente de dehors en dedans.

1° L'épicarpe (*ep.*) comprenant l'épiderme dont les cellules sont revêtues d'une cuticule épaisse et au-dessous cinq à six assises de collenchyme dans lequel est répartie surtout la matière granuleuse rouge. On y trouve aussi de petits granules d'amidon qu'on rend facilement visibles par l'addition d'eau iodée (*col.*).

2° Le mésocarpe (*mes.*) formé d'un parenchyme mou puissant, parcouru par des faisceaux libéro-ligneux comprenant des trachées (*b.*) et du liber (*l.*). Les cellules de ce tissu renferment des granules de matière colorante rouge.

3° L'endocarpe (*end. m. end. sc.*) est séparé du mésocarpe par une rangée d'immenses cavités juxtaposées, bombées vers l'extérieur et séparées entre elles par des lames de cellulose. Les parties saillantes en dôme de ces cavités, sont recouvertes par une assise de cellules endocarpiques tabulaires épaisses et incolores (*end. sc.*), tandis que les parties intermédiaires sont recouvertes et comblées par des cellules à parois minces contenant des granules rouges (*end. m.*), de telle façon que si on enlève l'épiderme intérieur ou endocarpe du fruit et qu'on l'examine à plat, il présente des îlots de cellules à parois épaisses et incolores, limités par des lames de cellules à contenu rouge et à parois minces (fig. 11''' *end. m., end. sc.*).

Les nombreuses graines contenues dans ce fruit sont jaunâtres réniformes ou irrégulièrement arrondies et comprimées. La figure 11' en donne une coupe d'ensemble et la figure 11'' en représente une portion grossie. Le tégument de cette graine comprend extérieurement une rangée de cellules en U (*tg. sc.*) épaissies fort inégalement, elles sont étirées dans le sens du rayon aux deux extrémités de la graine et aplaties au milieu. Au-dessous se trouve un parenchyme de cellules à parois molles (*tg. m.*) se continuant jusqu'à l'albumen avec une épaisseur variable. L'albumen (*al.*) débute par une assise de petites cellules aplaties au-dessous desquelles sont des cellules polyédriques, sensiblement régulières contenant une matière granuleuse.

Dans la pulvérisation, les éléments du péricarpe s'isolent en même temps que le spermoderme abandonne l'amande, et ces diverses parties se disposent à plat lorsqu'on les examine au microscope. On retrouvera dans la poudre (fig. 11''') :

1° Des plaques rouges de l'épicarpe (*ep.*) dont les cellules, assez régulièrement polyédriques sont remplies de matière colorante rouge ;

2° Des cellules molles arrondies ou irrégulières du mésocarpe (*mes.*) ;

3° Les cellules déjà décrites de l'endocarpe (*end. sc.* — *end. m.*) ;

4° Le tissu épaissi du tégument de la graine (*tg. sc.*), disposé à plat, forme des plaques dont les cellules irrégulières sinueuses et jaunes sont facilement reconnaissables ;

5° L'albumen (*al.*) dont les cellules polygonales conservent leurs caractères ;

6° On rencontre enfin des débris de faisceaux libéro-ligneux, puis du parenchyme chlorophyllien (*p. ch.*) provenant du calice et du pédoncule du fruit. Cette partie du végétal est recouverte de poils glanduleux qu'on retrouve quelquefois dans la poudre.

On reconnaîtra facilement la présence du piment dans la poudre de poivre : 1° aux plaques rougeâtres de l'épicarpe ; 2° aux cellules caractéristiques de l'endocarpe ; 3° à celles du tégument de la graine.

MANIGUETTE. — Cette semence, nommée aussi graine de paradis, est produite par l'*Amomum paradisi*, plante de la famille des Amomacées. Originaire du Soudan et de la Guinée, elle nous arrive débarrassée de l'arille qui l'enveloppait.

L'épisperme, de couleur brun rougeâtre (fig. 12, — *ep.*), recouvre une amande à périsperme farineux (*per. a.*) et à albumen intérieur charnu (*a.*) qui entoure l'embryon (*e.*).

On en trouve dans le commerce deux variétés :

1° La maniguette d'Acra, dont les graines, plus grosses, sont plus estimées ;

2° La maniguette de Sierra-Leone, qui est la sorte la plus répandue.

La coupe grossie nous montre (fig. 12') que l'épisperme est limité extérieurement par de longues cellules à parois jaunes, à cavités larges presque carrées ; au-dessous se trouvent des éléments plus petits, qui vus sur un lambeau couché à plat, forment un angle de 90° avec les cellules extérieures (*c¹*, — *c²*). Vient ensuite un parenchyme de cellules brunes (*par.*) parcouru par le faisceau libéro-ligneux du raphé, et contenant de grandes cellules à huile essentielle jaune (*h. e.*). Sous ce parenchyme se trouve une sorte de couche protectrice limitant intérieurement l'épisperme (*c. sc.*). Les cellules de cette couche ont une cavité tellement épaissie, qu'elles ne présentent qu'une ouverture ponctiforme vers leur face externe, et la matière brune y est tellement abondante, qu'on ne peut les distinguer qu'après avoir fait bouillir la coupe dans de la potasse étendue. Le périsperme (*per. a.*) débute par une rangée de petites cellules polygonales ; au-dessous, les éléments sont rangés par files de longues cellules étirées dans le sens du rayon et gorgées d'un amidon très petit. Les cellules de ce périsperme farineux se reconnaissent, de celles du poivre, en ce qu'elles sont beaucoup plus longues et étirées en fuseaux. Les éléments de l'albumen et de l'embryon sont petits et contiennent une matière protéique jaune.

Dans la mouture, le spermoderme se divise en deux parties par rupture des petites cellules à parois minces de la deuxième couche (c^2), puis chaque partie est réduite en fragments. Les deux albumens et l'embryon se divisent en petites masses. La poudre, examinée au microscope, présentera donc (fig. 12″) :

1° Des plaques jaunes formées des cellules externes allongées de l'épisperme (c^1) sur lesquelles sont couchées, à angle droit, les éléments plus petits de la zone sous-jacente (c^2);

2° Des plaques brunes ou noires, formées par la partie profonde de l'épisperme (*par.*), dans lesquelles on ne distingue aucun détail de structure et où on peut voir par transparence les cellules à huile essentielle (*h. e.*);

3° Quelques trachées brisées (*b.*) provenant du raphé;

4° Des cellules fort épaissies, brunâtres, dont la cavité est fort petite (*c. sc.*) et qui représentent la couche intérieure de l'épisperme;

5° Les éléments si caractéristiques du périsperme farineux (*per. a.*) déjà décrit.

On reconnaîtra la présence de la Maniguette dans la poudre de poivre, aux caractères suivants, facilement appréciables :

1° Des cellules du périsperme farineux (*per. a.*);

2° Aux plaques (c^1, — c^2) de l'épisperme.

MOUTARDE NOIRE. — Cette graine, produite par le *Brassica nigra*, est globuleuse, d'une couleur brun-rouge, et présente, à sa surface, des aréoles qui lui donnent un aspect chagriné. Au-dessous du spermoderme se trouve un embryon qui forme à lui seul toute l'amande de couleur jaune. Examinée au microscope, la coupe de cette graine présente (fig. 13) : un épiderme (*ep.*) à cellules tabulaires gélifiables dans l'eau ; au-dessous se trouvent des cavités bordées extérieurement par l'épiderme, inférieurement par de petites cellules à parois jaunes et latéralement par les mêmes cellules devenues, en ces points, longues, cloisonnantes, et qui repoussent l'épiderme au dehors pour former les aréoles (*c. m.*). Vient ensuite une couche protectrice de cellules en U, épaissies latéralement et inférieurement, et, au-dessous, une rangée de cellules aplaties, brunâtres, limitant intérieurement l'épisperme (*tg.*). On trouve au-dessous de cette couche des cellules assez vastes (*a.*) renfermant un protoplasma granuleux, puis des cellules aplaties, représentant les unes et les autres, d'après M. R. Gérard, les restes de l'albumen.

Pendant la mouture, le spermoderme se détache de l'amande en entraînant souvent l'albumen, qui, cependant, peut s'en détacher en certains cas. L'épisperme et l'albumen se réduisent ensuite en petites plaques, tandis que l'embryon se brise en petits massifs. La poudre présente donc (fig. 13) :

1° Des plaques brunes constituées par l'épisperme, dans lesquelles on voit successivement en faisant mouvoir la vis micrométrique, des cellules polygonales épidermiques (*ep.*), des cellules formant des polygones d'une couleur brune plus foncée : ce sont les cellules dressées limitant les aréoles (*c. m.*); les cellules brunes de la couche protectrice (*c. pr.*) dont les éléments polyédriques sont à parois épaissies. Ces lamelles, vues par leur face interne, montreront surtout les éléments de la couche protectrice; toutefois, sur leurs bords, on pourra quelquefois voir les autres éléments.

2° Les cellules de l'albumen (*a.*) vues de face sont polyédriques; elles renferment une sorte de contenu granuleux et sont d'une couleur blanchâtre.

3° Les cellules des cotylédons (*cot.*) dont les éléments polyédriques sont plus petits, et en amas de couleur jaune verdâtre. Elles renferment de l'huile (*h.*) que l'on trouve répandue en gouttelettes dans la poudre.

On reconnaîtra la moutarde aux plaques brunes de l'épisperme. Ces plaques brunes présentant des réseaux polygonaux de couleur plus foncée, sont caractéristiques.

La moutarde blanche est produite par le *sinapis alba*, L. Cette graine est jaunâtre, elliptique, arrondie, lisse, plus grosse que celle de la moutarde noire. L'embryon situé sous l'épisperme forme toute l'amande.

La coupe de cette graine présente au microscope (fig. 14) :

Un épiderme (*ep.*) à grandes cellules tabulaires relevées en dôme vers l'extérieur ; au-dessous se trouve un tissu parenchymateux (*par.*) formé de deux rangées de cellules à parois minces, puis vient une zone de cellules épaissies en U formant comme dans la moutarde noire, une couche protectrice (*c. pr.*) sous laquelle, de même que dans le *Brassica nigra*, s'étend une rangée de cellules aplaties brunâtres (*tg.*) et une couche de cellules à contenu granuleux représentant des traces d'albumen (*a.*).

Les effets produits dans la mouture sont les mêmes que ceux étudiés dans la moutarde noire, et nous retrouverons dans la poudre les mêmes éléments que nous avons signalés plus haut. Les plaques de l'épisperme fourniront les caractères différentiels (fig. 14) ; celles ci seront d'une couleur blanche ou légèrement jaunâtre, on y apercevra les cellules épidermiques (*ep.*), les cellules du tissu parenchymateux (*par.*) et les cellules de la zone épaissie (*c. pr.*)

Ces plaques seront caractéristiques pour la moutarde blanche.

Feuilles du laurier-sauce (*laurus nobilis*). — On les emploie pour remonter le goût du poivre sophistiqué par des matières inertes. Cette falsification est grossière et se reconnaît souvent à l'œil nu ou armé d'une simple loupe. Pour notre part, nous l'avons peu rencontrée.

La coupe de cette feuille (fig. 15, coupe transversale) présente le type hétérogène asymétrique. C'est-à-dire que le parenchyme situé entre les deux épidermes comprend à sa face supérieure du tissu en palissade (*p. p.*) et à sa face inférieure un tissu lacuneux (*p. l.*). Les faisceaux libéro-ligneux entourés d'un endoderme (*end.*) sont remarquables par leurs fibres péricycliques qui, dans les grands faisceaux, sont très abondantes (*per.*). Le liber est mou (*l.*), formé de petites cellules polygonales; le bois (*b.*) est représenté par des vaisseaux et par du parenchyme ligneux dont les parois épaisses et lignifiées présentent des ponctuations cruciformes; ce dont on peut se rendre compte dans la fig. 15' (*par. l.*), où l'on voit là un fragment de ce parenchyme couché longitudinalement dans la poudre. On trouve dans le tissu parenchymateux de cette feuille, de nombreuses cellules sphériques remplies d'huile essentielle (*c. h.*)

Dans la pulvérisation, les faisceaux du pétiole et des grosses nervures se brisent en abandonnant les parties molles qui se réduiront en fragments; et l'on retrouvera dans la poudre (fig. 15') :

1° Des fragments d'épiderme (*ep.*) accompagnés quelquefois de stomates;

2° Des amas verdâtres représentant le parenchyme chlorophyllien, auquel parfois peuvent adhérer encore des lambeaux d'épiderme (*par.*) et dans la masse desquels se trouvent aussi des cellules à huile essentielle;

3° Des fragments de faisceaux libéro-ligneux (*l. b.*) provenant des petites nervures dans lesquels on voit de petites trachées déroulables;

4° Des cellules du parenchyme ligneux à parois épaissies et à ponctuations cruciformes, dont nous avons parlé plus haut;

5° Des fibres isolées ou en petits paquets, dont les parois

ont un aspect blanc éclatant, facilement reconnaissable (*per.*).

Cette poudre sera caractérisée nettement par la présence du tissu chlorophyllien et par la masse considérable des fragments brillants des faisceaux libéro-ligneux.

FÉCULE DE SARRASIN (1). — Le sarrasin ou blé noir (*polygonum fagopyrum*) est originaire du nord de l'Asie. Il se contente du sol granitique le plus pauvre, n'exige presque aucune culture et fructifie rapidement. Son fruit est un akène aplati trigone, dont nous donnons la coupe (fig. 16) et dont le tissu comprend :

Un épiderme (*ep.*) sous lequel s'étend un tissu sclérifié, dont les cellules fibreuses (*c. f.*) sont jaunes en coupe épaisse, puis vient un tissu parenchymateux (*par.*) de cellules molles à parois brunâtres, dans lequel courent des faisceaux libéroligneux (*f. l. b.*).

La graine (fig. 16') est limitée extérieurement par un tégument (*tg.*) comprenant : une rangée extérieure de grandes cellules tabulaires, au-dessous deux rangées de petites cellules à éléments tassés et étirés dans le sens de la circonférence, adhérent aux éléments internes formés par une assise de cellules épaissies (*c. é.*).

(1) Bien que nous ne voulions pas entreprendre l'étude des fécules employées souvent à la sophistication du poivre, leurs caractères étant suffisamment connus, nous ne pouvons passer sous silence la fécule de sarrasin. En effet, nous avons trouvé dans la banlieue parisienne, du poivre additionné de cette fécule, sortant d'une des premières maisons d'épiceries de Paris. Et, s'il nous est permis d'employer ce terme, c'est la falsification la plus heureuse que nous ayons rencontrée, car les cellules de l'albumen de cette substance se rapprochent beaucoup par leur forme et leur contenu des cellules de l'albumen du poivre; nous croyons que 9 fois sur 10 cette addition passera inaperçue à l'expert non spécialisé dans l'emploi du microscope.

Le périsperme ou albumen (*a*.) comprend des cellules étirées dans le sens du rayon et en files. Ces cellules sont remplies d'une fécule polygonale, dont les grains polyédriques ont un diamètre qui varie entre $0^{mm},015$ et $0^{mm},023$. La forme des cellules de l'albumen et celle de leur contenu peuvent les faire confondre avec les cellules de l'albumen du poivre, bondées également d'un amidon fort petit. Mais dans le sarrasin, les grains de fécule sont régulièrement polyédriques, plus brillants, remplissent mieux la cavité entière de la cellule et laissent voir, en faisant tourner la vis micrométrique, un petit point qui représente le nile.

La poudre vendue chez les grainetiers sous le nom de farine de blé noir (fig. 16"), est formée surtout par les éléments de la graine, on y rencontre surtout les cellules de l'albumen isolées ou groupées en petites masses. Les diverses parties que nous avons étudiées dans le fruit s'y retrouvent aussi, mais en moins grand nombre, car le fruit a été plus ou moins bien séparé de la graine pendant l'opération de la mouture.

Résidus de féculeries ou fleurage de pomme de terre. — On trouve sous ce nom, dans le commerce, un produit en poudre grossière, rappelant à l'œil la couleur et l'aspect du poivre, et qui pour cette raison, a été et est encore fort employé par les sophisticateurs. Cette poudre, examinée au microscope, présente indépendamment des grains de fécule, dont les caractères sont trop connus pour que nous nous y arrêtions :

1° Des fragments d'un tissu brunâtre subéreux, dont les cellules polygonales tabulaires laissent voir le fond de leur cavité par le jeu de la vis micrométrique et adhèrent quelquefois à des débris de parenchyme cellulaire peu riche en matière féculente ;

2° Des massifs de grandes cellules parenchymateuses molles et contenant de la fécule ;

3° Des vaisseaux réticulés;

4° Des trachées éparses et déroulées, dont le diamètre est assez considérable.

Tous ces éléments sont très caractéristiques et permettent de reconnaître la présence du fleurage de pomme de terre dans la poudre de poivre, à laquelle on ajoute fort souvent de la fécule ordinaire de pomme de terre, surtout pour le poivre blanc.

CONCLUSIONS

Aujourd'hui la falsification se porte sur le poivre pulvérisé,
et pour notre part nous n'avons pas rencontré celle des
grains. Cette constatation, jointe à ce fait que le poivre est
presque toujours vendu pulvérisé au détaillant, nous a amené
à penser que le véritable sophisticateur est le marchand en
gros ou pulvérisateur, et que les fraudes commises par le
commerce de détail sont beaucoup plus rares qu'on pourrai
le croire. Des échantillons que nous avons pris chez des dé
taillants, en des sacs plombés arrivant de chez les fournis-
seurs avec une étiquette garantissant la pureté, étaient cependant falsifiés. Nous avons aussi vu vendre à une certaine
époque, les poivres pulvérisés moins cher que ceux en grains
et il existe en ce moment dans la circulation de petits paquets
tout préparés pour la vente à 0 fr. 10, cachetés et livrés sous
des noms divers aux détaillants par le commerce de gros,
avec garantie de pureté, mais celle-ci n'existe que sur l'étiquette.

Nous avons eu entre les mains l'échantillon d'un poivre blanc
saisi par le Laboratoire municipal chez un pulvérisateur. La
majeure partie de la matière se composait de fécule et de légumineuses en grains isolés ou en masses et encore enfermés
dans les cellules des cotylédons. On y trouvait en plus de la
fécule de pomme de terre, du piment, des trachées assez
volumineuses à double spiricule provenant d'éléments végétaux étrangers au poivre, des massifs de cellules scléreuses
allongées, de couleur jaune, que la présence de longs poils

unicellulaires dans la poudre nous a fait regarder comme des cellules scléreuses de noisette.

Voici le résultat de l'examen de 100 échantillons de poivre pulvérisé pris dans les divers quartiers de Paris :

Sur 70 échantillons de poivre noir.

42 étaient purs ;

28 étaient sophistiqués.
- 19 étaient additionnés d'éléments scléreux.
- 2 — — d'élém. scléreux et de fécules.
- 2 — — de fécules (légum. et p. de terre)
- 1 — — de feuilles de laurier.
- 3 — — de grabeaux.
- 1 — — de piment et de fécule.

Sur 30 échantillons de poivre blanc, examinés :

18 étaient purs.

12 étaient sophistiqués.
- 5 étaient additionnés d'éléments scléreux,
- 3 — — d'élém. scléreux et de fécules.
- 1 — — de fécule de sarrasin.
- 3 — — de fécule de pomme de terre.

Comme on le voit, la falsification la plus répandue consiste dans l'addition d'éléments scléreux appartenant soit aux grignons d'olives, soit aux coquilles de noisettes, de noix ou d'amandes. Cette falsification est facile à reconnaître, car les éléments scléreux de ces diverses substances présentent toujours une cavité incolore et vide de contenu, tandis que les cellules scléreuses du poivre sont toujours colorées de jaune et renferment dans leur cavité une matière résineuse brunâtre. Nous croyons qu'il est fort difficile de dire si la falsification provient de l'une ou de l'autre des substances sclérifiées situées plus haut, et nous croyons en tous cas que l'expert peut se contenter d'indiquer la fraude et de la dénommer : *falsification par des éléments scléreux étrangers au poivre.*

La falsification par les autres substances est toujours beaucoup plus facile à déceler. L'expert devra procéder dans toutes circonstances, comme nous l'avons fait, en comparant des échantillons types avec la substance douteuse.

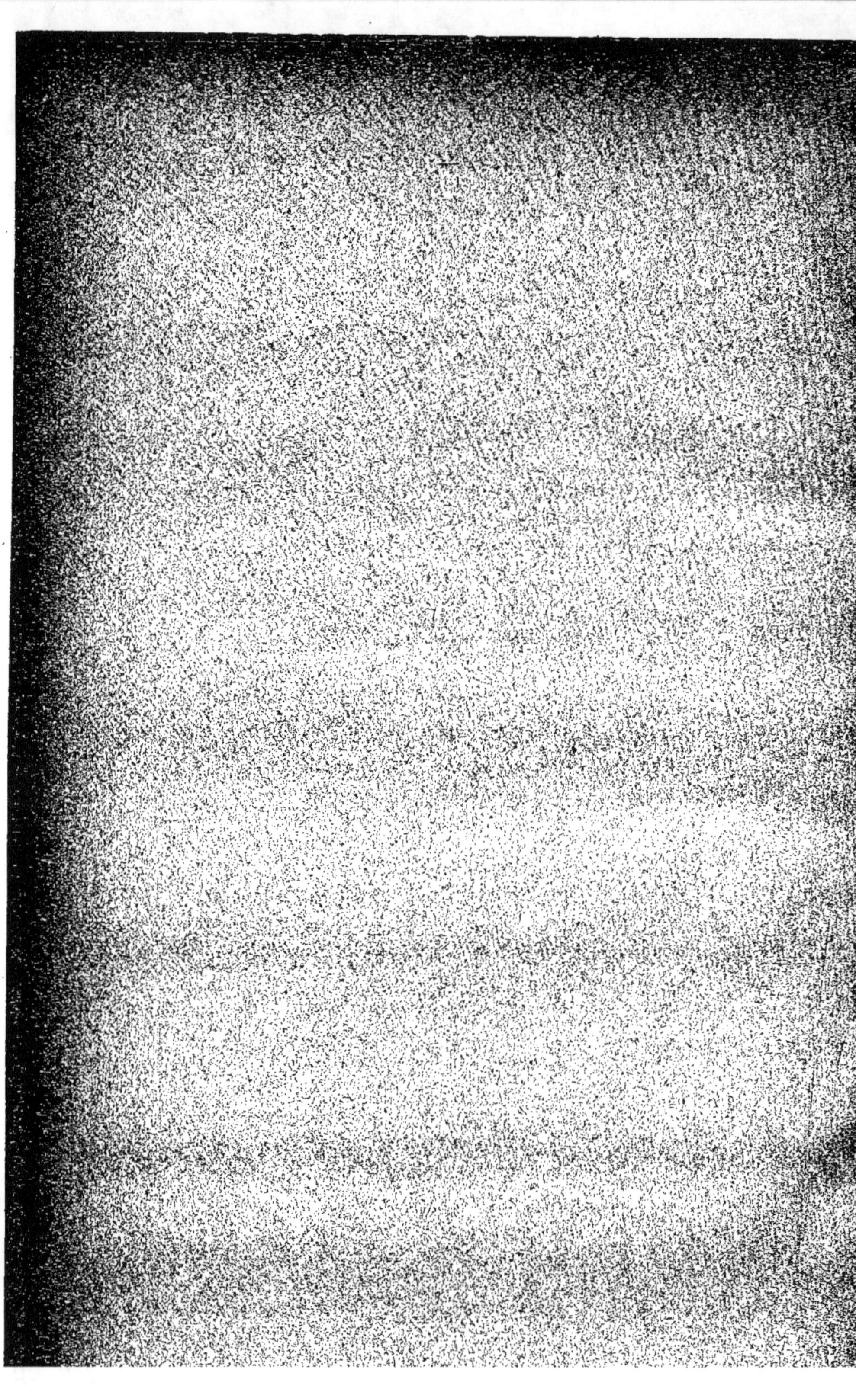

EXPLICATION DES PLANCHES

___

Pl. 1.

Fig. 1. — Schema du fruit du poivre Tellichery : *st.*, style ; *péd.*, pédicelle ; *per.*, péricarpe ; *ep.*, épicarpe ; *mes.*, mésocarpe ; *end.*, endocarpe ; *tg.*, tégument ; *f. lb.*, faisceau libéro-ligneux ; a^2., périsperme farineux ; a^1., albumen ; *e.*, embryon.

Fig. 2. — Cpe transv^le grossie. — Fig. 3. Cpe longitudinale du poivre Tellichery : *ep.*, épicarpe ; *c. sc.*, cellules scléreuses ; *mes.*, mésocarpe ; *f. p.*, fibres péricycliques ; *l.*, liber ; *b.*, bois ; *c. h.*, cellule huileuse ; *end.*, endocarpe ; *tg.*, téguments de la graine ; a^2., périsperme farineux ; *c. h.*, cellule huileuse.

Fig. 4. — Portion grossie du mésocarpe du poivre Alepy : *mes.*, mésocarpe ; *c. sc.*, cellules scléreuses ; *c. h.*, cellule huileuse ; *end.*, endocarpe.

Fig. 5. — Portion grossie du poivre blanc de Singapour : *tr.*, trachées ; *c. h.*, cellule huileuse ; *end.*, endocarpe ; *tg.*, tégument ; a^2., périsperme.

Fig. 6. — Poudre de poivre noir de Tellichery : *mes.*, mésocarpe ; *ep.*, épicarpe ; *c. sc.*, cellules scléreuses ; *f. p.*, fibre péricyclique ; a^2., périsperme ; *end.*, endocarpe ; *tg.*, téguments.

Pl. II.

Fig. 7, 7' 7''. — Eléments des grignons d'olives : *f.*, fibres ; *c. sc.*, cellules scléreuses.

Fig. 8, 8'. — Eléments de la coquille de noisette : *p.*, poil ; *ep.*, épicarpe ; *mes.*, mésocarpe ; *l.*, liber ; *b.*, bois ; *end.*, endocarpe.

Fig. 9, 9'. — Eléments de la coquille d'amande : *c. sc.*, cellules scléreuses ; *par.*, parenchyme.

Fig. 10, 10'. — Eléments de la coquille de noix : *c. sc.*, cellules scléreuses ; *par.*, parenchyme.

Fig. 11, 11', 11'', 11'''. — Eléments du fruit du piment : *Capsicum annuum.*

Fig. 11. — Cpe grossie du fruit : *ep.*, épicarpe ; *col.*, collenchyme ; *mes.*, mésocarpe ; *f. lb.*, faisceau libéro-ligneux ; *l.*, liber ; *b.*, bois ; *ca.*, cavité ; *end. sc.*, endocarpe scléreux ; *end. m.*, endocarpe mou.

Fig. 11'. — Vue d'ensemble de la graine : *tg. sc.*, tégument épaissi ; *tg. m.*, tégument mou ; *f. lb.*, faisceau libéro-ligneux ; *al.*, albumen ; *e.*, embryon.

Fig. 11''. — Vue grossie de la coupe de la graine. — Mêmes lettres.

Fig. 11'''. — Poudre de piment : *end. sc.*, endocarpe scléreux ; *end. m.*, endocarpe mou ; *ep.*, épicarpe ; *tg. sc.*, tégument épaissi ; *mes.*, mésocarpe ; *al.*, albumen ; *f. lb.*, faisceau libéro-ligneux ; *par. chl.*, parenchyme chlorophyllien.

Pl. III.

Fig. 12, 12' 12''. — Maniguette. — Légende pour ces diverses figures : c^1., cellules de la première rangée ; c^2., cellules de la deuxième rangée ; *h.*, huile essentielle ; a^2., périsperme farineux ; a^1., albumen ; *e.*, embryon ; *f. lb.*, faisceau libéro-ligneux ; *par.*, parenchyme.

Fig. 13, 13'. — Moutarde noire : *ep.*, épiderme ; *c. m.*, cellules muriformes ; *c. pr.*, couche protectrice ; *tg.*, tégument ; *a.*, albumen ; *cot.*, cotylédon ; *h. e.*, huile essentielle.

Fig. 14, 14'. — Moutarde blanche : Même légende que la moutarde noire.

Fig. 15, 15'. — Feuille de laurier : *ep. s.*, épiderme supérieur ; *p. p.*, parenchyme en palissade ; *c. h.*, cellule huileuse ; *end.*, endoderme ; *per.*, péricycle ; *b.*, bois ; *l.*, liber ; *ep. inf.*, épiderme inférieur ; *st.*, stomate.

Fig. 16, 16', 16''. — Sarrasin.

Fig. 16. — *ep.*, épiderme ; *c. f.*, cellules fibreuses ; *par.*, parenchyme ; *f. lb.*, faisceau libéro-ligneux.

Fig. 16'. — *tg.*, tégument ; *a.*, albumen.

Fig. 16''. — *f.*, cellules fibreuses ; *a.*, albumen.

RIS. — IMPRIMERIE MOQUET, RUE DES FOSSÉS-SAINT-JACQUES.

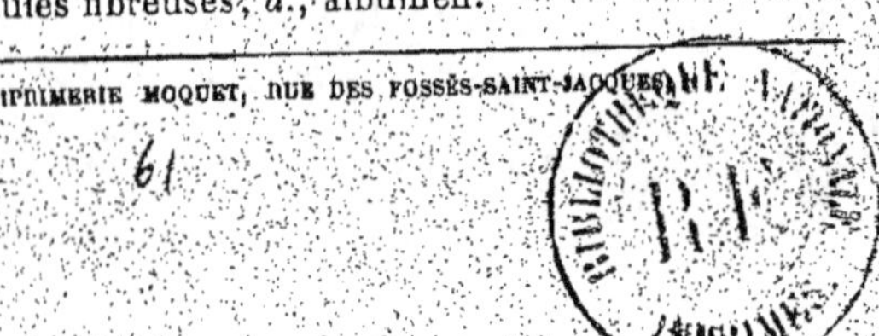